CB066929

CANINOS BRANCOS

Texto de acordo com a nova ortografia.

Título original: *Croc-Blanc*
Adaptação: Caterina Mognato
Desenhos: Walter Venturi
Cores: Minte Studio
Ilustração de capa: Chris Regnault
Textos do do caderno especial: Sylvie Girard-Lagorce
Créditos fotográficos do caderno especial: p.52: © AISA/Leemage; p.53: © Fototeca/Leemage; p.54: © Collection Leemage; p.55: © Photo Josse/Leemage; p. 58: © Costa/Leemage; p. 59: © DeAgostini/Leemage
Tradução: Julia da Rosa Simões
Revisão: L&PM Editores

CIP-Brasil. Catalogação na publicação
Sindicato Nacional dos Editores de Livros, RJ

M716c

Mognato, Caterina
    Caninos Brancos / Jack London; adaptação Caterina Mognato; tradução Julia da Rosa Simões; desenhos Walter Venturi; cores Minte Studio. – 1. ed. – Porto Alegre [RS]: L&PM, 2022.
    64 p. : il. ; 23 cm.

    Tradução de: *Croc-Blanc*
    "Apoio da Unesco"
    ISBN 978-65-5666-259-6

    1. Romance americano. 2. História em quadrinhos. I. London, Jack, 1876-1916. II. Simões, Julia da Rosa. III. Venturi, Walter. IV. Minte Studio (Firma). V. Título.

22-76743   CDD: 741.5
                            CDU: 741.5

Meri Gleice Rodrigues de Souza - Bibliotecária - CRB-7/6439

© 2019, Glénat Editions

Todos os direitos desta edição reservados a L&PM Editores
Rua Comendador Coruja, 314, loja 9 – Floresta – 90.220-180
Porto Alegre – RS – Brasil / Fone: 51.3225.5777
Pedidos & Depto. comercial: vendas@lpm.com.br
Fale conosco: info@lpm.com.br
www.lpm.com.br

Impresso no Brasil
Inverno de 2022

Jack London

CANINOS BRANCOS

Tradução de Julia da Rosa Simões

Adaptação: Caterina Mognato
Desenhos: Walter Venturi
Cores: Minte Studio

apoio da Unesco

L&PM EDITORES

PARTE I: O MUNDO SELVAGEM

GRANDES EXTENSÕES DE NEVE, RIOS CONGELADOS, FLORESTAS, VENTO E SILÊNCIO...

...QUEBRADO APENAS PELOS UIVOS DOS LOBOS ESFOMEADOS. É O MUNDO SELVAGEM.

UUUUUUUUUUUU

O MUNDO IMPIEDOSO, GELADO ATÉ A ALMA, DAS TERRAS DO NORTE.*

* DO TEXTO ORIGINAL: "IT WAS THE WILD, THE SAVAGE, FROZEN-HEARTED NORTHLAND WILD".

UM TRENÓ, QUE TRANSPORTA O CORPO DE UM HOMEM CEIFADO PELO MUNDO SELVAGEM, COMO TANTOS OUTROS, SE DIRIGE AO FORTE MCGURRY.

MALDIÇÃO!

CRANKT CA/NN

AJUDE A SOLTAR OS CÃES, RÁPIDO! ELES NÃO SE FERIRAM, NÉ?

NÃO PODEMOS PERDER MAIS NENHUM! OS MALDITOS LOBOS JÁ MATARAM TRÊS!

UMA ORELHA! DESGRAÇADO... VOLTE AQUI!

CHEGA! VOU MATÁ-LO!

NÃO, BILL! SÓ TEMOS MAIS TRÊS CARTUCHOS...

BIIIILLI...

ESSA LOBA MALDITA É UMA FEITICEIRA... ELES NÃO VÃO DEVORAR UMA ORELHA!

BANG

UM...

BANG BANG

DOIS E TRÊS...

AUUUUUUUHH

...DEPOIS O SILÊNCIO...

...E A ESPERA DE SE SABER A PRÓXIMA PRESA.

GRRRRR

LOBOS MALDITOS!

7

AINK

GRRRR

NÃO VOU ME ENTREGAR! TOMEM ISSO... E ISSO!...

GRRRR

DE REPENTE, A LOBA OUVE ALGUMA COISA...

...E ABANDONA A PRESA.

HEIN?

IÂÂÂÂ!

ARF

SKIOCC

ARF

HA! HA! HA! FOI POR POUCO...

COM A CHEGADA DA PRIMAVERA E DO DEGELO, OS SOBREVIVENTES DA ALCATEIA SE DISPERSAM.

A LOBA, QUE HAVIA ATRAÍDO OS CÃES DA ATRELAGEM, AGORA É ESCOLTADA POR CAOLHO.

...UM CAÇADOR AGUERRIDO...

GRRRR

...QUE, PARA TÊ-LA, ELIMINOU OS RIVAIS MAIS JOVENS.

ELA PROCURA UMA TOCA PARA PARIR.

SNIFF

UM ESCONDERIJO SECO PARA PROTEGER OS FILHOTES RECÉM-NASCIDOS.

CAOLHO PRECISA GARANTIR A SUBSISTÊNCIA...

...E ENCONTRAR CARNE FRESCA PARA DOIS.

SKRII!

ATÉ QUE CINCO FILHOTES VÊM AO MUNDO...

...CINCO BOLAS DE PELO DAS QUAIS A LOBA NÃO DEIXA NINGUÉM SE APROXIMAR, NEM MESMO O PAI.

GRRR

EM TODA NINHADA, SEMPRE HÁ O MAIS FORTE E MAIS *AUTORITÁRIO* QUE OS OUTROS...

O MAIS *CURIOSO* QUE OS OUTROS...

CAINN

PAFF

...E O MAIS PROPENSO A SE METER EM APUROS.

O ÚNICO FORTE O SUFICIENTE PARA VENCER O TERRÍVEL MOMENTO EM QUE A COMIDA COMEÇA A FALTAR.

CAOLHO NÃO VOLTA. NÃO HÁ CARNE PARA A COMPANHEIRA... NÃO HÁ LEITE PARA OS FILHOTES!

A LOBA NÃO PODE MAIS ESPERAR...

...ELA PRECISA VOLTAR A CAÇAR!

MAS A ESPERA SE TORNA LONGA DEMAIS PARA ALGUNS.

SNIFF SNIFF

PRIMEIRO, O MARAVILHAMENTO...

...DEPOIS O *VERTIGINOSO MUNDO NOVO*...

...QUE DE REPENTE SOME ABAIXO DE SUAS PATAS!

A PRIMEIRA PRESA!

E O PRIMEIRO ATAQUE DE UM INIMIGO FURIOSO...

KRIIII

A PRIMEIRA LIÇÃO: COMER OU SER COMIDO!

UMA LEI DURA...

...E IMPLACÁVEL!

GRRRR

ZFFSSS

GROARR

O INSTINTO DE ALCATEIA DESPERTA NO LOBINHO.

ZAFF

GAOOH

ZAFF

COMER OU SER COMIDO!

PARTE II: OS FAZEDORES DE FOGO

O VERÃO CHEGA E O LOBINHO CINZENTO SENTE PELA PRIMEIRA VEZ UM CHEIRO DESCONHECIDO...

...E PERIGOSO!

EI... VEJAM ISSO!

GRRR

HA! HA! HA! CANINOS BRANCOS!*

AAAH!

DESGRAGADO!

CAIII!

TUMP

GRRR

?!

KICHE!

* "WABAM WABISCA IP PIT TAH!", NA VERSÃO ORIGI

— É A CADELA DE SEU IRMÃO!

— CRUZA DE CADELA COM LOBO...

— ELA NÃO TINHA MORRIDO?

— O IRMÃO DE CASTOR CINZA MORREU NA ÉPOCA DA ESCASSEZ.

— LEMBRA DE MIM? É SEU FILHOTE?

— ISSO. AGORA OS DOIS SÃO **MEUS**.

— VOU CHAMÁ-LO DE... **CANINOS BRANCOS**.

BAU BAU BAU

DE REPENTE...

...UMA MATILHA DE CÃES ATACA O LOBINHO.

ARF ARF

CAIII

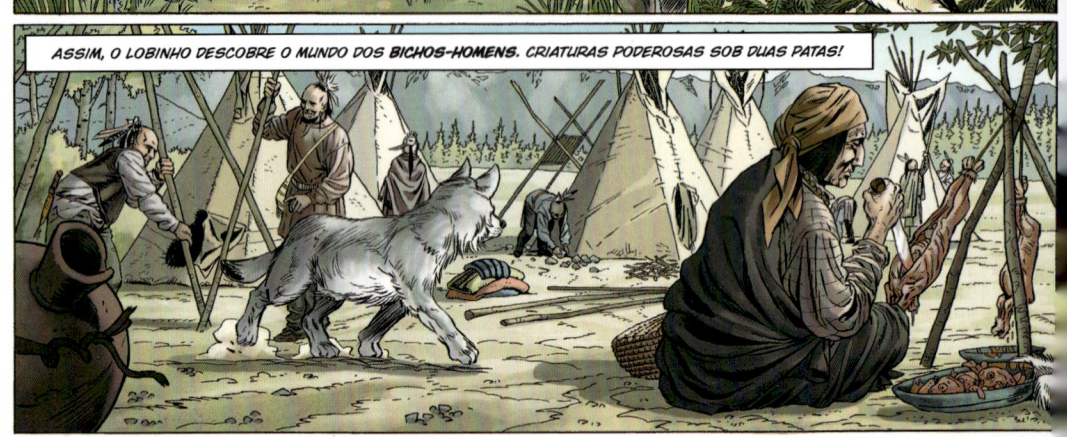

— SOLTE, LIP-LIP!

WOFF WOFF

LAP

Assim, o lobinho descobre o mundo dos **bichos-homens**. Criaturas poderosas sob duas patas!

Criaturas violentas, capazes de transmitir movimento a coisas mortas...

— SAI! CHISPA!

...e de erigir outras, grandes e presas à terra, impossíveis de desenraizar.

Deuses, aos quais até sua mãe se submetia.

ELES ESCOLHEM NOMES PARA OS ANIMAIS E SE TORNAM SEUS **MESTRES**.
CANINOS BRANCOS!
SAIA DAQUI, ANIMAL INÚTIL!
SOC
CAII!
SNIFF SNIFF
SERES PODEROSOS QUE TIRAM DA MADEIRA MORTA UMA COISA QUE SE MOVE...
...QUE ILUMINA...
...QUE MORDE!
SERES QUE ARREGANHAM OS DENTES E SOLTAM SONS **HUMILHANTES**!
HA! HA! HA!
HI! HI!
HÊ! HÊ! HÊ!

O TEMPO PASSA E CANINOS BRANCOS PRECISA APRENDER LEIS DIFERENTES DAS DO MUNDO SELVAGEM.

AS DOS CÃES DE TRENÓ.

BAU BAU

GRRR

SE NÃO FOR O MAIS FORTE...

AQUI! HORA DO ALMOÇO!

...SEJA O MAIS ESPERTO, E MAIS RÁPIDO!

WOF WOF WOF

QUANDO ATACADO, NÃO PERCA TEMPO ROSNANDO...

SALTE DIRETO NA GARGANTA!

BAU BAU

GRRR

UIHHH

E HÁ A LEI DOS HOMENS...

SEU MALDITO LOBO QUASE MATOU MEU CACHORRO!

ELE ROUBA NOSSA COMIDA!

...OBEDEÇA A SEU MESTRE, ELE O PROTEGERÁ.

É O LIP-LIP QUE O COLOCA CONTRA OS OUTROS CÃES!

USE O BASTÃO!

DÊ-LHE UMA LIÇÃO!

LOBO ELE É, E LOBO SEMPRE SERÁ!

ELES TÊM RAZÃO. CANINOS BRANCOS É MAU.

ELE PODE SER, MIT-SAH, DESDE QUE ME OBEDEÇA!

UM GUERREIRO? VOCÊ NUNCA O ALIMENTA COM CARNE... COMO PODE FICAR FORTE?

É A FOME QUE OS TORNA FEROZES!

ELE É UM GUERREIRO. FAREI DELE UM CHEFE DE MATILHA. ELE NOS SERÁ MUITO ÚTIL.

O VENTO CARREGA O PERFUME DO OUTONO.

AS PRIMEIRAS FAMÍLIAS DEIXAM O ACAMPAMENTO...

...E A LOBA TAMBÉM!

VOCÊ FEZ UM ÓTIMO NEGÓCIO, TRÊS ÁGUIAS!

WOF WOF WOF

SPLASH

DESGRAÇADO, ONDE PENSA QUE VAI?

CANINOS BRANCOS!!!

SOK SOK
WOF
CAIII TUMP TONK

NUNCA MAIS TENTE FUGIR!

STUDD
CAIIIN

A HORA DE PARTIR TAMBÉM CHEGA PARA CASTOR CINZA...

| ...E PARA CANINOS BRANCOS, O MOMENTO DE RECONQUISTAR A LIBERDADE. | DE SE ESCONDER NA FLORESTA. | DE IGNORAR OS CHAMADOS. |

CANINOS BRANCOS!

ATÉ A ÚLTIMA VOZ MORRER AO LONGE, COMO A LUZ DO DIA...

...E A NOITE CHEGAR.

ADEUS AO CALOR DO FOGO. ADEUS À MÃO QUE ALIMENTA.

UUUUUUUHH

SÓ!

A SOLIDÃO É DURA PARA QUEM ESQUECEU COMO SE CAÇA.

SNIFF SNIFF

CANINOS BRANCOS NUNCA VIU UMA ALCATEIA DE SEUS SEMELHANTES.

SEU CHEFE DE ALCATEIA É SEU MESTRE.

...UM DEUS QUE CAÇA PARA ELE E CRIA O FOGO.

FOGO!

CANINOS BRANCOS!

VOCÊ VOLTOU!

CANINOS BRANCOS APRENDEU A LEI MAIS IMPORTANTE...

MUSH!

SKIOCC

...QUEM SE SUBMETE AO HOMEM, RENUNCIA PARA SEMPRE A LIBERDADE.

STUDD

STUD

LOBO MALDITO!

HA, HA! CAIU NA ARMADILHA!

GRORR

AAH!

SOCORRO!

O MESTRE O DEFENDE.

ELE QUASE ARRANCOU A MÃO DE MEU FILHO!

ESSE LOBO É UM **ASSASSINO**!

NÃO VAMOS RECORRER AO BASTÃO POR UNS PEDACINHOS DE CARNE!

SEU FILHO PEDIU. QUE MANTENHA DISTÂNCIA DE MEU LOBO!

VAMOS, FILHO.

NAQUELA NOITE...
MIT-SAH ESTÁ ALI... SOZINHO!
AO ATAQUE!
SOCK
AAAH!
TUMP
TUDD
ELE DEFENDE O MESTRE E TUDO QUE LHE PERTENCE.
GROARR
O LOBO!
SOCORRO!
AAAAI!!
OBRIGADO, CANINOS BRANCOS! VOCÊ ME SALVOU!

**PARTE III:
OS DEUSES SUPERIORES**

VERÃO DE 1898, KLONDIKE. COMEÇA A *CORRIDA DO OURO!*

CANINOS BRANCOS ESTÁ COM CINCO ANOS, ELE É UM CHEFE DE MATILHA TEMIDO POR TODOS OS CÃES.

PARA CASTOR CINZA, AQUELA É UMA EXCELENTE OPORTUNIDADE DE ENRIQUECIMENTO...

É A PRIMEIRA VEZ QUE ELE VÊ **HOMENS BRANCOS**...

...SUAS ENORMES TENDAS DE TRONCOS MACIÇOS...

...SUAS CANOAS MÁGICAS QUE FUMEGAM E SE MOVEM SOZINHAS.

HÁ MUITOS DELES! **DEUSES SUPERIORES**, MUITO MAIS PODEROSOS QUE CASTOR CINZA.

EM CONTRAPARTIDA, SEUS CÃES DÃO PENA...
BAU BAU
WOF WOF
ELES FAZEM MUITO BARULHO...
BU-BU-BU
GRRRR
WOF
...SÃO LENTOS...
GROARR
...E INGÊNUOS.
CAIII
...ELES NÃO CONHECEM AS LEIS DOS CÃES DE TRENÓ.
WOF WOF WOF
MALDITOS BICHOS ASSASSINOS!
BANG
HE! HE! RÁPIDO E ESPERTO ESSE LOBO... VAI ME FAZER GANHAR UMA FORTUNA, OU NÃO ME CHAMO BELEZA SMITH!

31

DE FATO, COMO BELEZA SMITH HAVIA PREVISTO...
O LOBO É SEU!
GRRRR
ARGH... SEGURE FIRME!
STOK
CAIIIN
TUMP TUMP
STUDD
ELE ACABOU ENTENDENDO QUEM É SEU DONO!
OUAH! AH! AH!
COLOQUE DENTRO DA JAULA!
VAI PRECISAR APRENDER ALGUNS TRUQUES, CAMPEÃO... ANTES DE SUBIR A BORDO DO VAPOR PARA DAWSON!

DAWSON, UM VILAREJO NO ENCONTRO DOS RIOS YUKON E KLONDIKE, NO NOROESTE DO CANADÁ.

RARAS SÃO AS DISTRAÇÕES DOS GARIMPEIROS...

WOF WOF

UMA DAS PREFERIDAS É A LUTA DE CÃES.

MORDE!

VÁ PARA CIMA DELE... ISSO!

CAMPEÃO COMO CANINOS BRANCOS FAZ AS APOSTAS SUBIREM A NÍVEIS INACREDITÁVEIS.

DOU SETE!

DEZ CONTRA UM... QUEM ACEITA DEZ CONTRA UM?

CÃES ESQUIMÓS CANADENSES, HUSKIES, LABRADORES... AS LUTAS FICAVAM CADA VEZ MAIS DIFÍCEIS.

CONTRA DOIS ADVERSÁRIOS... CONTRA TRÊS!

CANINOS BRANCOS ENFRENTA ATÉ UM LINCE!

UM LOBO NÃO PODE GANHAR DE UM LINCE!

QUE USA AS GARRAS!

ZRAPP

GRRR

MAS É SEMPRE O "MALDITO LOBO" QUE VENCE!

GWARRG

FOI ATÉ MAIS RÁPIDO QUE DAS OUTRAS VEZES!

NÃO TEM GRAÇA...

PERDI DE NOVO!

ASSIM NÃO DÁ, BELEZA SMITH, NÃO APOSTAREMOS MAIS CONTRA SEU MALDITO LOBO!

MMM... TALVEZ ELE POSSA LUTAR CONTRA UM URSO...

OU UM BULDOGUE!
HA! HA! HA!
ESSE PORCO CONTRA CANINOS BRANCOS?
TRINTA CONTRA UM QUE O LOBO O DEVORA!
HA! HA! HA!
CHEROKEE É UM CAMPEÃO! MAS CAIPIRAS COMO VOCÊS NUNCA VIRAM UM BULDOGUE, NÃO É MESMO?
VAI, CHEROKEE! ACABA COM ELE!
APOSTO VINTE DÓLARES EM CANINOS BRANCOS!
TRINTA DÓLARES QUE O PORCO NÃO AGUENTA NEM CINCO MINUTOS!
CANINOS BRANCOS TAMBÉM NUNCA TINHA VISTO UM BULDOGUE...
QUARENTA DÓLARES NO LOBO!
CALMA! UM DE CADA VEZ!
MAS A REGRA É A MESMA, NÃO IMPORTA O ADVERSÁRIO...
ATACAR, RASGAR...
...E SOLTAR!
O GORDO NEM SE MEXE!

SALTAR, RASGAR E SOLTAR...
SALTAR, RASGAR E SOLTAR...
DE NOVO E DE NOVO...

AO ATAQUE, CHEROKEE... ACABE COM ELE!

QUE BICHO ESTRANHO É AQUELE? NÃO LATE, SOFRE TODOS OS ATAQUES EM SILÊNCIO...

...E O PERSEGUE INCANSAVELMENTE!

SUAS MANDÍBULAS MACIÇAS IMPEDEM O ACESSO À GARGANTA!

ELE É TÃO PEQUENO QUE CANINOS BRANCOS SALTA DEMAIS...

...E CAI!

STUMP

ZANK
O PRIMEIRO ERRO DE SUA VIDA!
TALVEZ O ÚLTIMO.
VINTE QUILOS CRAVADOS EM SEU PESCOÇO.
LIVRE-SE DESSE GORDO CHEIO DE COMIDA!
NÃO SOLTE! AGUENTE FIRME!
O QUE ESTÁ FAZENDO, LOBO MALDITO?
O QUE ESTÁ ACONTECENDO? UMA BRIGA?
DE PÉ! DESGRAÇADO! LEVANTE!
TUMP

SOCK
DEIXE O CACHORRO EM PAZ, CANALHA!
SOLTE!
NINGUÉM VEM AJUDAR? ELE VAI MATÁ-LO!
NINGUÉM? SEUS COVARDES! SUAS BESTAS!
TALVEZ EU CONSIGA AFASTAR OS DENTES ASSIM...
MALDIÇÃO! ESSA MANDÍBULA É UMA VERDADEIRA PRENSA!
FINALMENTE!
ANF

- ELE AINDA RESPIRA.
- O LOBO É *MEU*.
- NÃO TOQUE NELE!
- UM BOM CÃO DE TRENÓ VALE TREZENTOS DÓLARES.
- DOU A METADE POR ESSE TODO ESTROPIADO.
- É UM LOBO... VALE MUITO MAIS QUE ISSO!
- PEGUE O DINHEIRO E NUNCA MAIS PISE AQUI OU FAREI COM QUE SEJA EXPULSO DA CIDADE!
- QUEM É ESSE AÍ?
- WEEDON SCOTT, ENGENHEIRO DE MINAS E FILHO DE JUIZ. MELHOR FICAR LONGE DELE...
- HUM... SE SOBREVIVER, SERÁ IMPOSSÍVEL DE DOMESTICAR...
- ELE TEM MARCAS NO PEITORAL. JÁ DEVE TER PUXADO UM TRENÓ...
- PORTANTO, JÁ FOI DOMESTICADO...
- ZANN
- ...OU QUASE.

DUAS SEMANAS DEPOIS, CANINOS BRANCOS ESTÁ DE PÉ, MAS MATT AINDA NÃO OUSA SE APROXIMAR.

SCOTT É O ÚNICO QUE PODE SENTAR COM ELE...

...O ESTRANHO HOMEM QUE SALVOU SUA VIDA E FALA COM VOZ QUENTE E PAUSADA.

UMA VOZ CAPAZ DE CURAR **FERIDAS** MUITO MAIS PROFUNDAS DO QUE AS DO BULDOGUE.

DIA APÓS DIA, CANINOS BRANCOS DESCOBRE...

...QUE UM DEUS PODEROSO TAMBÉM PODE SER **AMADO**.

VENHA COMIGO, VAMOS PASSEAR JUNTOS!

NÃO CONSIGO ACREDITAR... ESSE LOBO ESTÁ APAIXONADO PELO SENHOR!

O SENHOR VIAJOU POR DOIS DIAS E ELE NÃO ACEITOU COMIDA NENHUMA. DEIXOU ATÉ OS CÃES ROUBAREM SUA CARNE!

— O QUE VAI SER DELE QUANDO O SENHOR FOR EMBORA?

— ELE VAI COMIGO PARA A CALIFÓRNIA.

CANINOS BRANCOS NASCEU NO MUNDO SELVAGEM...

...SÓ CONHECEU TENDAS INDÍGENAS E CABANAS DE GARIMPEIROS...

...E NÃO SABE COMO PODE SER DOCE O PERFUME DAS PRADARIAS E DOS CAMPOS DE TRIGO.

— MÃE! PAI!

— BEM-VINDO, FILHO.

— AAAAH!

— DEUS DO CÉU! UM LOBO?!

GRRR

SENTADO!

METADE LOBO, PAI... ESTÁ MUITO APEGADO A MIM.

SÃO MEUS PAIS, CANINOS BRANCOS. DEVEM SER PROTEGIDOS, NÃO ATACADOS!

VAI MANTÊ-LO EM CASA? E SUA ESPOSA? E SEUS FILHOS?

ELE É MUITO INTELIGENTE. VAI APRENDER RÁPIDO, VOCÊS VÃO VER.

MAS OS CÃES DE GUARDA TAMBÉM PRECISAM APRENDER QUE CANINOS BRANCOS É UM LOBO ESPECIAL!

BAU BAU BAU

COLLIE, NÃO!

AQUI, CANINOS BRANCOS!

COLLIE É UM CÃO PASTOR QUE, POR INSTINTO, DETESTA LOBOS!

PARE! SENTADA!

BAU BAU

DESCULPE...

CANINOS BRANCOS JÁ VIU MUITO PIOR. ACHO QUE ELE NÃO ATACOU PORQUE ELA É UMA FÊMEA.

PARTE IV: LOBO ABENÇOADO

UM LOBO EM CASA... NOSSO FILHO ENLOUQUECEU!

O MUNDO DO DEUS BRANCO, SIERRA VISTA, É MUITO DIFERENTE DO MUNDO SELVAGEM.

SEUS HABITANTES SÃO MUITO DIFERENTES DOS HOMENS QUE ELE CONHECEU ATÉ ENTÃO.

O QUE É ISSO? UM LOBO?

PAPAI! PAPAI!

MAS SÓ UMA COISA IMPORTA A SEUS OLHOS...

CANINOS BRANCOS, ESSES SÃO WEEDON E MAUD.

...TODOS PERTENCEM A SEU MESTRE.

E ESTA É ALICE.

NÃO TENHA MEDO, QUERIDA. ELE ME OBEDECE CEGAMENTE.

OS DIAS PASSAM E OS DONOS CONFIAM CADA VEZ MAIS NO LOBO...

...MAS O CÃO PASTOR SABE QUE ELE É UM PREDADOR!

BAU BAU

AJUDEM! O LOBO... AS GALINHAS...

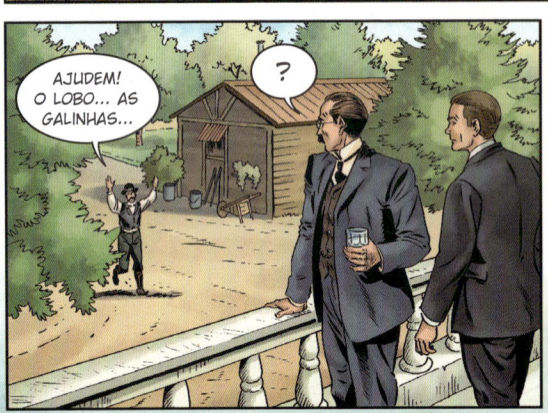

?

AH, NÃO!

BAU BAU

PARA UM LOBO, UMA BELA CAÇADA!

QUE FEIO! NÃO PODE MATAR AS GALINHAS.

NUNCA MAIS FAÇA ISSO, ENTENDEU?

É IMPOSSÍVEL CORRIGIR UM ANIMAL DE INSTINTO ASSASSINO DEPOIS QUE ELE PROVOU SANGUE...

QUER APOSTAR?

SE TOCAR NUMA QUE FOR, VAI VER O QUE É BOM!
VOLTAREMOS AO CREPÚSCULO E... TERÁ QUE PAGAR UM DÓLAR POR CADA GALINHA MORTA.
VEREMOS...
NA HORA MARCADA, A FAMÍLIA TODA APARECE...
E ENTÃO? SE FOR UM JUIZ TÃO JUSTO QUANTO SE DIZ, HONRARÁ SUA APOSTA.
INACREDITÁVEL!
CANINOS BRANCOS, PEÇO-LHE PERDÃO OFICIALMENTE. VOCÊ É MELHOR DO QUE EU PENSAVA!
DEVO CONFESSAR QUE... ESSE LOBO ESTÁ CHEIO DE SURPRESAS!
PROVA REALMENTE DIFÍCIL, CHEIA DE COMPENSAÇÕES!
BAU
CANINOS BRANCOS APRENDEU A DOMAR SEUS INSTINTOS... COLLIE AGORA SABE DISSO.

A VIDA CONTINUA. CADA DIA TRAZ SUA COTA DE NOVIDADES.
PAI, O SENHOR LEU O JORNAL?
AINDA NÃO.
HUM... JIM HALL FUGIU DA PRISÃO!
ELE JUROU QUE O MATARIA, PAPAI!
ELE NUNCA VAI CHEGAR ATÉ AQUI VINDO DE SAN QUINTINO.
A SENHORA SABE QUEM É JIM HALL, MÃE?
AH, UM ASSASSINO! UM DEMÔNIO!
MEU MARIDO O CONDENOU A CINQUENTA ANOS DE PRISÃO, EMBORA ELE MERECESSE A FORCA!

OS HOMENS NÃO PARECIAM PREOCUPADOS COM O BANDIDO EM LIBERDADE...
CANINOS BRANCOS!
...A PARTIR DAQUELA NOITE, ALICE PASSOU A DEIXAR CANINOS BRANCOS DENTRO DE CASA.
COM VOCÊ AQUI, DORMIREI MAIS TRANQUILA.
CERTA NOITE, ENQUANTO TODOS DESCANSAVAM...
...UM SOM E UM CHEIRO ESTRANHO...
TLAC
BANG BANG BANG
O QUE ESTÁ ACONTECENDO?
THUD CRASH
SOCORRO!

CANINOS BRANCOS?
UM LADRÃO?
ANF ANF
JIM HALL?! MORTO.
AGUENTE FIRME, MEU VELHO! NÃO ME ABANDONE!
VOU CHAMAR O CIRURGIÃO!
UMA PATA QUEBRADA. TRÊS COSTELAS FRATURADAS E UM PULMÃO PERFURADO...
...SEM FALAR DAS TRÊS BALAS QUE O ATRAVESSARAM DE LADO A LADO...
UMA CHANCE EM MIL JÁ SERIA DEMAIS.
UMA EM UM **MILHÃO** É SUFICIENTE PARA UM LOBO COMO CANINOS BRANCOS.

UM SONO PROFUNDO SE ABATE SOBRE CANINOS BRANCOS.

ENQUANTO LUTA PELA VIDA, O LOBO VOLTA AO MUNDO SELVAGEM...

UUUUUUUHHHHHHH

EM MEIO A GRANDES EXTENSÕES DE NEVE, RIOS CONGELADOS, FLORESTAS SOMBRIAS, VENTO...

...E FANTASMAS!

FIM

O autor, sua época e sua obra
Com a colaboração de Sylvie Girard-Lagorce

CANINOS BRANCOS
Jack London

ninos Brancos e seus
otes na fazenda de
edon Scott.

O autor
JACK LONDON (1876-1916)

A breve e movimentada vida de Jack London foi o retrato de uma América em plena transformação, nos primórdios do século XX. Uma vida melodramática, depois de uma infância miserável e uma juventude agitada: aos 22 anos, depois de descobrir o marxismo, Jack London decidiu se tornar escritor. Narrador prolífico, engajado na luta contra uma sociedade da qual encarnou as contradições, ele acabou se suicidando num rancho californiano. Mas foi um dos primeiros americanos a fazer fortuna na literatura.

A HUMILHAÇÃO DE NASCER POBRE

John Griffith Chaney, chamado Jack London, nasceu em São Francisco no dia 12 de janeiro de 1876. Ele não conheceu o pai, um astrólogo itinerante. Sua mãe, Flora Wellman, espírita devota, pretendia suicidar-se antes de seu nascimento. O menino recebeu o nome do padrasto, John London, ex-combatente da Guerra de Secessão que se tornara agricultor. Aos treze anos, ele trabalhou no rancho do padrasto, depois numa fábrica. Seus estudos primários foram limitados, embora ele mais tarde tenha conseguido frequentar um ano de liceu e um único semestre na universidade de Berkeley, pois não teve dinheiro para pagar os estudos. Em contrapartida, logo deu início a uma vida de errância e, ao longo de suas peregrinações, fez-se caçador de focas no Japão, andarilho das estradas de toda a América do Norte, abastecedor de carvão numa central elétrica, patrulheiro marítimo, empregado de lavanderia, pirata de ostras e garimpeiro no Alasca (sofrendo escorbuto, foi repatriado após uma epopeia de vários meses). Jack London também foi detido por vagabundagem e encarcerado por um mês na penitenciária de Buffalo.

Fotografia de Jack London.

O FRENESI PELO SUCESSO

A humilhação que viveu no início da vida lhe inculcou um verdadeiro frenesi pelo sucesso: ele lia com voracidade e percorria o mundo. Literalmente. Autodidata, Jack London se educou através dos livros. Mas e também descobriu o marxismo, o evolucionismo e a filosofia alemã. Filiou-se ao Partido Socialista (Socialist Labor Party) e se candidatou a prefeito de Oakland. Sem sucesso. O sucesso veio com a escrita. Ao voltar de uma viagem à Europa, *O chamado floresta* (*The Call of the Wild*), de 1903, se tornou um verdadeiro êxito. Romances de sucesso e coletâneas novelas se sucederam num ritmo constante, bem como reportagens sobre o bairro pobre de East End, em Londres (que lhe inspirou *O povo do abismo*), sobre a guerra russo-japonesa (preso pelos japoneses, ele expulso do país), e também sobre a revolução mexicana. Os escândalos suscitados p seu divórcio (ele havia casado com uma amiga, Elizabeth Maddern, em 1900, c

O autor
JACK LONDON (1876-1916)

quem teve duas filhas, Joan e Bess) e por seu novo casamento (com Charmian Kittredge, em 1905), suas conferências de tom revolucionário nas universidades e suas prodigalidades extravagantes estavam à altura de sua reputação de *enfant gâté* do mundo editorial, mas também de *enfant terrible* do Partido, cujos militantes ficavam siderados por suas palavras. Em 1906, ele decidiu construir um barco, o *Snark*, com a intenção, jamais concretizada, de fazer um cruzeiro: atravessar o Pacífico, o canal de Suez, o Mediterrâneo, subir o Ródano e o Saône para chegar a Paris pelo canal de Borgonha! Em contrapartida, a bordo desse magnífico veleiro, ele percorreu o Pacífico entre abril de 1907 e novembro de 1908.

A BUSCA DO PARAÍSO PERDIDO

Obstinado, buscando quimeras, insensível à crítica, ele seguiu suas andanças pelo mundo enquanto sua fama permitiu. Numa última miragem do paraíso perdido, ele voltou à Califórnia, onde quis criar uma comunidade utópica destinada a demonstrar as virtudes do retorno à terra. Mas os editores começaram a evitá-lo. E quando a suntuosa "Casa do Lobo", nas vésperas de ser concluída, se perdeu num incêndio, ele sentiu as forças fraquejarem. Desiludido, incapaz de resolver os próprios conflitos internos, e depois de romper com o Partido, London fez uma última viagem ao Havaí antes de se suicidar, no dia 22 de novembro de 1916, com uma overdose de morfina em sua casa de Glen Ellen, na Califórnia, aos quarenta anos. Segundo outras fontes, ele teria morrido de uremia, um envenenamento do sangue, ou ainda de disenteria e alcoolismo.

Jack London, James Hopper, Charmian London (esposa de Jack London) e George Sterling a bordo do *Snark*. Fotografia de 1907.

"Sempre fui um extremista": assim se definia aquele que nunca se dedicou a prolongar a vida.

A obra de
JACK LONDON

Autor prolífico de mais de cinquenta livros, dentre os quais romances "de animais" de grande sucesso, Jack London também foi um autor engajado. Inspirado nas experiências no Grande Norte, durante a corrida do ouro, escreveu seus romances mais famosos, mas também explorou a própria vida de jovem autor nascido em ambiente humilde. O mar constituiu outra grande fonte de inspiração para Jack London.

ENTRE O REAL E O IMAGINADO

A partir do dia em que decidiu se tornar escritor, Jack London se atribuiu um ritmo de escrita desenfreada: mil palavras por dia, não importasse o que acontecesse. Embora tenha tido um começo difícil, o triunfo de *O chamado da floresta*, em 1903, marcou o início de uma longa sequência de romances de sucesso. Este romance narra a história de um cão doméstico que se torna cão de trenó e recupera os instintos naturais quando confrontado às condições da vida selvagem: é o inverso de *Caninos Brancos*, escrito três anos depois. A obra de Jack London como um todo foi dominada pela exigência de duas coisas: descrever a condição miserável da qual ele quer libertar o indivíduo e satisfazer ao desejo de fuga que leve ao fim dessa condição. Ele publicou, também em 1903, um testemunho direto e impiedoso a respeito dos bairros mais pobres de Londres em *O povo do abismo* (*The People of the Abyss*). Sua obra-prima de ficção científica política, por outro lado, foi *O tacão de ferro* (*The Iron Heel*), publicado em 1908, que antecipou o terror nazista ao descrever a tirania capitalista fascista nos Estados Unidos. Outra incursão no campo da ficção científica: *A peste escarlate* (*The Scarlet Plague*, 1912), que descreve um mundo futuro devastado por uma praga misteriosa. Numa pequena comunidade que sobrevive à catástrofe, um velho descreve os vestígios de uma civilização perdida. Ele esconde alguns livros e a chave do alfabeto numa caverna, na esperança de que o espírito humano um dia renasça.

Capa de *Caninos Brancos*, edição francesa de 1927.

UMA MITOLOGIA PESSOAL

No romance autobiográfico *Martin Eden* (1909), Jack London narra a difícil conquista da linguagem e da escrita, fazendo uso de uma mitologia pessoal para demonstrar a necessidade de coragem diante de um mundo corrompido e corruptor. Em 1913, ele confessou sua própria luta contra o alcoolismo em *John Barleycorn*, título retirado de uma canção irlandesa cujo herói, "John Grão de Cevada", é enterrado, ceifado, moído e afogado – alusão às diferentes etapas da fabricação de cerveja. Os cães ocupam um lugar importante no universo de Jack London, bem como o amor pelos animais em geral, mas *O chamado da floresta* e *Caninos Brancos* não devem fazer sombra a romances menos conhecidos como *Michael, Brother Jerry*, publicado um ano depois de sua morte. Este livro denuncia com virulência o adestramento de cães no universo do circo. *The Star Rover*, lançado em 1915, faz as vezes de testamento filosófico do autor, por sua denúncia do sistema carcerário americano. O herói do livro é um prisioneiro à espera da execução depois de anos de encarceramento e que consegue fugir por meio do pensamento praticando a auto-hipnose

A obra de
JACK LONDON

O VISIONÁRIO DA AVENTURA

Mestre do imaginário, Jack London se inscreve na tradição dos grandes contistas. Além de histórias, ele elaborou verdadeiras alegorias do medo, da fome e da crueldade. Do lugar que surgia fora do tempo e do espaço, a representação mais apropriada era o grande deserto branco do Alasca, fonte privilegiada de suas andanças e obsessões. Mas a aventura, para London, também acontecia nos mares e oceanos. *O lobo do mar* (*The Sea Wolf*, 1904), inspirado numa campanha de caça às focas no Pacífico Norte, da qual ele participou, se baseia no enfrentamento entre duas visões de mundo radicalmente opostas: a do capitão Lobo Larsen, violento e cínico, personificação da "lei do mais forte", e a de Humphrey, socorrido após um naufrágio, que acredita no caráter sagrado de todos os seres humanos. Em torno do tema central da luta pela vida em ambiente hostil, os romances de London criaram um universo barroco em que o conto darwiniano correspondia à fábula nietzschiana e ao ideal marxista.

Capa de *O chamado da floresta* (*The Call of the Wild*), 1903.

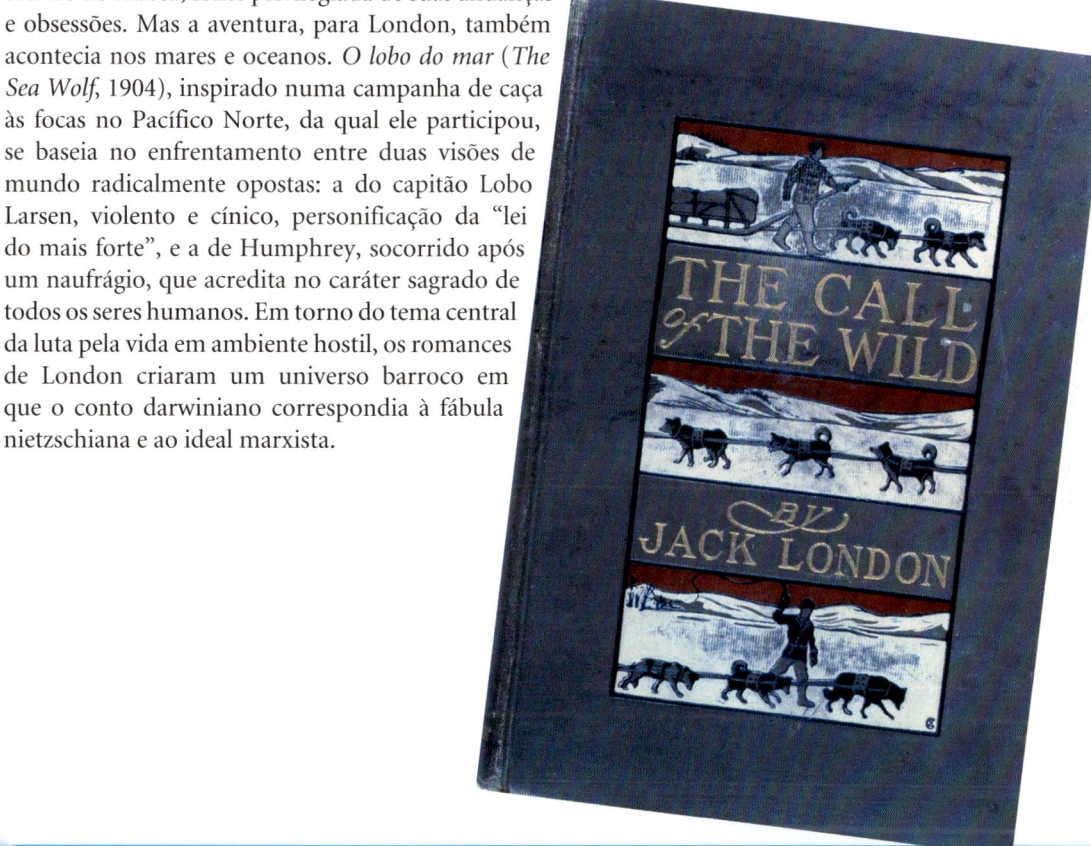

LEITURAS E INFLUÊNCIAS

Jack London teve várias fontes de inspiração. O ecletismo de suas leituras transparece em toda sua obra. Ele leu *Os miseráveis*, de Victor Hugo, e os romances sociais de Eugène Sue. Ele admirava Herman Melville, mas também foi influenciado por Rudyard Kipling, Joseph Conrad e Robert Louis Stevenson. Nietzsche, Marx e Darwin também figuravam entre seus livros de cabeceira, aos quais ele acrescentava autores menos conhecidos, como o naturalista americano David Starr Jordan, o alpinista irlandês John Tyndall e o *musher* Scotty Allan.

O romance CANINOS BRANCOS (1906)

Grande romance de aventura em que um lobo, confrontado ao mundo dos homens, é o personagem principal, *Caninos Brancos* foi publicado nos Estados Unidos com o título *White Fang*, primeiro em folhetim na revista *Outing*, de maio a outubro de 1906, depois num único volume em outubro do mesmo ano. A primeira versão francesa data de 1923 e o livro teve várias adaptações cinematográficas.

NO CORAÇÃO DO GRANDE NORTE

Bill e Henry atravessam de trenó as imensas extensões do Grande Norte. O perigo e o medo se instalam quando seus cães começam a desaparecer: os dois homens percebem que estão sendo seguidos por uma alcateia. Uma loba de pelagem avermelhada parece observá-los de perto. Bill fica cada vez mais nervoso diante dessa perseguição noite e dia. Ele decide enfrentar os lobos, que atacam um de seus últimos cães, mas é devorado. Henry precisa lutar sozinho pela própria vida. Ele abandona caixão e trenó, depois constrói a seu redor um círculo de fogo como última defesa contra os lobos. A ponto de sucumbir, ele é salvo por um grupo de caçadores de peles.

A LOBA VERMELHA E SEU FILHOTE

A história deixa então o mundo dos homens para seguir a loba de pelagem avermelhada. Esta obtém os favores de um velho macho caolho. O casal percorre a estepe gelada em busca de abrigo. É lá que nascem cinco lobinhos. Quatro morrem de frio e fome, um só sobrevive. O velho macho morr por sua vez durante uma luta com um lince. Sozinho com mãe, o lobinho precisa aprender a caçar e a sobreviver entre o predadores. Seu instinto o leva cada vez mais longe da toca, at ele também ser atacado pelo lince. Com a ajuda da mãe, o lobinh acaba vencendo seu adversário. Depois, ele cruza o caminho do homens, indígenas em busca de caça. A loba não teme os homer e parece submeter-se às suas ordens. O leitor descobre então qu a loba é filha do cruzamento entre a cadela de um indígena e u lobo. Castor Cinza, um dos indígenas, a chama de Kiche, e se filhote de Caninos Brancos. Os dois lobos são levados para acampamento indígena.

CANINOS BRANCOS ENFRENTA SEU DESTINO

Caninos Brancos é separado da mãe, que acaba sendo vendida outro grupo de indígenas. O lobinho descobre então a crueldade dos homens: eles o humilham e machucam. Ele também se tor inimigo dos cães dos indígenas, principalmente de Lip-L Obrigado a defender-se, o lobinho cinzento se torna agressi e feroz, dividido entre a submissão aos homens e a vonta irresistível de voltar à vida selvagem. Na primavera, a mãe Caninos Brancos volta ao acampamento, mas, como tem u nova ninhada, não o reconhece. O acampamento indígena vítima de uma terrível escassez, então Castor Cinza decide mig para o norte. Caninos Brancos se torna um cão de trenó e despe o ciúme do resto da matilha em razão do laço estreito qu

O romance
CANINOS BRANCOS (1906)

aproxima de seu mestre. Alguns anos depois, Castor Cinza e seus cães se encontram na região de Yukon, na época da corrida do ouro. Castor Cinza, que vende mercadorias de todo tipo, conhece um homem chamado Beleza Smith, que quer comprar Caninos Brancos. O indígena não aceita vendê-lo, mas Beleza Smith consegue convencê-lo com um pouco de uísque.

CANINOS BRANCOS, CÃO FIEL

Beleza Smith faz de Caninos Brancos um animal de luta e organiza torneios. Caninos Brancos, reduzido à condição de atração, vence uma longa série de combates. Um dia, porém, ele acaba diante de um adversário mais forte que ele: um buldogue chamado Cherokee. Caninos Brancos é salvo na última hora por Weedon Scott, um engenheiro de minas, e seu amigo Matt. Weedon Scott consegue domesticar o animal graças à paciência, ao diálogo e ao carinho. O lobo se torna seu fiel companheiro. O amor entre Caninos Brancos e seu novo mestre se torna total. Weedon Scott faz de Caninos Brancos um cão de trenó. Ele consegue domesticá-lo sem precisar recorrer à força. Uma relação única une o lobo a Scott: Caninos Brancos se curva com total confiança à sua autoridade. Com o fim da temporada de caça, Scott decide voltar para casa, na Califórnia, mas não pensa em levar Caninos Brancos devido ao calor. Diante dos uivos deste último, que se sente abandonado, ele não tem escolha e o leva junto. O cão-lobo descobre uma nova vida, longe do Grande Norte. Ele aos poucos se familiariza com a propriedade de Scott e se torna um cão de guarda zeloso. Ele salva a família Scott matando um prisioneiro que havia escapado, depois tem filhotes com Collie, a cadela da propriedade.

...O ESTRANHO HOMEM QUE SALVOU SUA VIDA E FALA COM VOZ QUENTE E PAUSADA.

Contexto histórico
LOBO: MEDO E FASCÍNIO

Tanto em *O chamado da floresta* quanto em *Caninos Brancos*, Jack London, graças ao seu fascínio pelos animais selvagens e pela natureza, abordou um tema universalmente controverso: o medo do lobo. Objeto de todo tipo de fantasia, o lobo fascina tanto quanto apavora, aparecendo em inúmeras expressões populares que colocam o lobo e seu comportamento no centro das preocupações.

A PRESENÇA DO LOBO NA FRANÇA
O lobo é um animal que causa medo até hoje. Principalmente aos criadores de rebanhos, que temem por seus animais. A cada animal morto, o espectro do lobo volta a assombrar os campos. Faz dez anos que a presença do *Canis lupus* é sistematicamente detectada nas regiões de Limousin, Cantal, Puy-de-Dôme e Haute-Loire. Quarenta e quatro alcateias já foram recenseadas na região dos Alpes.
O lobo é uma espécie protegida pela Convenção de Berna, de 1979, assinada pela França em 1990. Ele consta da lista das espécies sob proteção estrita, segundo a diretiva europeia de 21 de maio de 1992 relativa à conservação de seu habitat natural, da fauna e da flora selvagens. O decreto de 23 de abril de 2007 proíbe sua caça em todo o território da França metropolitana. Esses textos proíbem qualquer "abate intencional", mas preveem autorizações para a prevenção de danos importantes ao rebanho "desde que não exista nenhuma outra solução satisfatória e que isso não prejudique a sobrevivência da população envolvida". Em novembro de 2015, um lobo caiu numa armadilha e foi abatido por um caçador em Saint-Léon-sur-l'Isle (na Dordonha). Embora tenha declarado que apenas abreviou o sofrimento do animal, o caçador foi considerado culpado de matar um representante de uma espécie protegida.

Gravura do século XIX representando a fera de Gévaudan, que teria assolado a França entre 1764 e 1767.

Contexto histórico
LOBO: MEDO E FASCÍNIO

O LOBO EM EXPRESSÕES POPULARES
Dado o lugar que o lobo ocupa no imaginário popular, não causa surpresa encontrá-lo em diversas expressões da linguagem cotidiana.
Ter uma fome de lobo: estar faminto. A fórmula remete ao costume do lobo famélico de se atirar vorazmente sobre a primeira presa que passar.
Meter-se na boca do lobo: expor-se a grande perigo, quase sempre de maneira inconsciente, correr riscos e sofrer incômodos por provocação.
Uivar com os lobos: demonstrar conformismo e preocupação com o próprio conforto, podendo-se chegar à injustiça e à crueldade para não desapontar a maioria.
Ser mais conhecido que o lobo branco: ser conhecido no mundo todo. Originalmente, dizia-se "ser mais conhecido que o lobo cinzento", pois este era considerado particularmente nefasto. A referência à cor branca parece enfatizar o caráter aparentemente notável do lobo branco.
A fome faz o lobo sair da floresta: a necessidade obriga a pessoa a se mostrar. Algumas circunstâncias obrigam a cometer erros ou imprudências. Outras ocasiões permitem revelar a verdadeira natureza de alguém.
O lobo é o lobo do homem: os homens são ferozes entre si, às vezes até mais impiedosos e cruéis que os animais mais selvagens.
Fechar o lobo no redil: introduzir um elemento prejudicial ou maléfico entre pessoas que deveriam ser defendidas ou protegidas. O uso é metafórico hoje em dia, mas no século XVIII considerava-se esta uma aplicação concreta da expressão "fechar a ferida sem limpar direito".

ENTRE O MEDO E O FASCÍNIO
A força do lobo remete ao instinto, à sede de liberdade e ao valor pelos laços sociais. Mas o animal também simboliza o medo de ameaças predatórias. O lobo sempre fascinou os homens. Temido e admirado, ele povoa o imaginário das sociedades. Sua presença e sua ação em vários relatos míticos e modernos atestam sua importância. Em todas as civilizações do hemisfério Norte, o lobo tem um valor simbólico. O lobo das paredes pré-históricas, o gigante Fenrir germânico, a loba romana, o "irmão lobo" caro a São Francisco de Assis, a fera de Gévaudan e os lobos dos contos de fadas atestam a força simbólica do lobo em todas as épocas. Dependendo das civilizações, o lobo pode ter uma conotação positiva ou negativa. Encarnação da luz na China, na Europa do Norte e na Grécia, o animal é considerado demoníaco para o cristianismo, símbolo do excesso e da maldade.

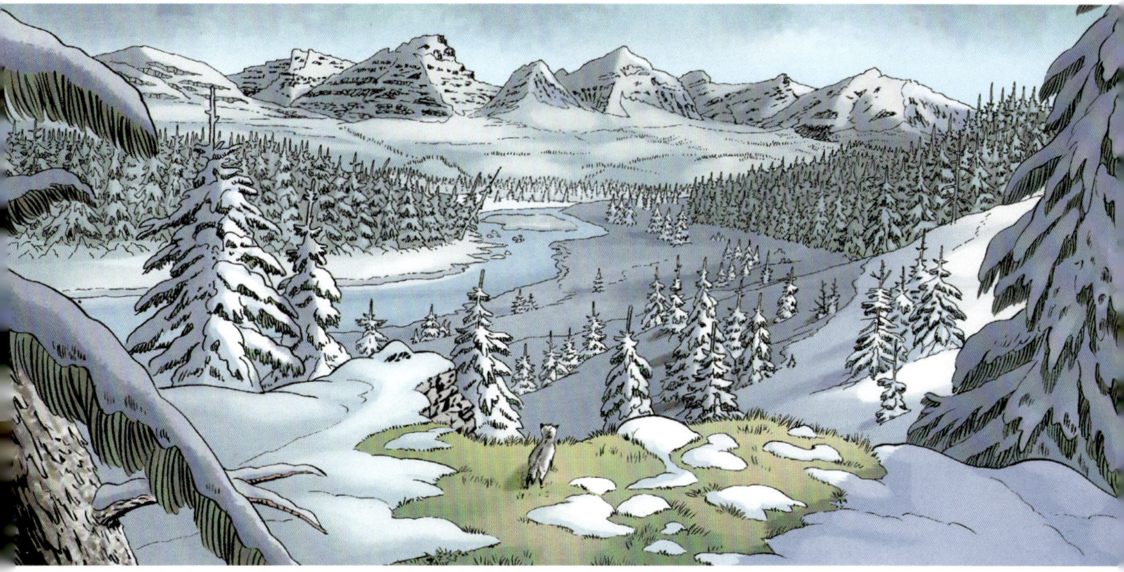